Le géant enseveli

Jacqueline Balcells est née à Valparaiso au Chili. Journaliste de profession, c'est en élevant ses enfants qu'elle se met à écrire pour les jeunes. Passionnée par son pays, elle fait vivre ses personnages dans l'atmosphère de l'Amérique latine. Plusieurs de ses contes, traduits de l'espagnol, ont été publiés en France et aux États Unis.

Véronique Cau est née en 1948 à Toulon. Elle a fait ses études artistiques à l'École des métiers d'art, puis est devenue maquettiste à *Lisette* pendant deux ans. Elle habite aujourd'hui à Cherbourg avec son mari pédiatre, leurs trois enfants, une chatte et deux poissons rouges. Elle partage son temps entre l'écriture et le dessin. Ses albums ont été publiés chez Grasset, Hachette, Gallimard, Casterman, Centurion et à Bayard Presse.

ISBN 2.227.72215.0

Le géant enseveli

Une histoire écrite par Jacqueline Balcells
traduite par Guy Jimenes
illustrée par Véronique Cau

BAYARD ÉDITIONS

Un géant très gênant

Il était une fois un royaume où la terre tremblait beaucoup. Cela n'étonnait personne : on savait qu'à des centaines de mètres sous le sol dormait un géant. Il y en avait un sous chaque pays du monde. Mais tandis que les autres géants dormaient paisiblement, celui-ci faisait des cauchemars. Il remuait dans son sommeil et, en remuant, il secouait le pays comme un simple drap.

Les gens s'étaient habitués. Ils n'accrochaient plus de tableaux aux murs, ils ne posaient rien de fragile sur les meubles et

ils rangeaient
leurs affaires
par terre. Quand
tout se mettait
à vibrer autour d'eux,
ils disaient :
– Voilà notre géant
qui fait encore
un mauvais rêve.
Attendons que ça passe !

Malheureusement, les tremblements de terre devenaient de plus en plus fréquents, de plus en plus violents. Même les gens les plus tranquilles commençaient à s'inquiéter. Ils se demandaient si le géant n'était pas en train de se réveiller. Les savants prétendaient que c'était impossible, car la nuit des géants dure un million d'années.

Des idées de ministres

Un jour, la terre trembla plus fort que jamais. Les maisons s'écroulèrent, les rivières débordèrent. Le roi était complètement affolé : son palais était en ruines, et son trône en petits morceaux. Il s'assit sur

une caisse et convoqua ses ministres.
– Cela ne peut plus durer, dit-il. Il faut trouver une solution pour calmer ce géant.
– Donnons-lui un somnifère* ! dit le ministre de la Santé.

On fit creuser des trous très profonds et on y versa des centaines de litres de sirop calmant. Résultat, le géant se mit à bouger encore plus qu'avant. Comme personne ne savait où se trouvait sa tête, et encore moins sa bouche, on avait sûrement mal visé.

*C'est un médicament pour dormir.

– Chantons-lui des berceuses ! proposa le ministre de la Culture.

Cinq mille chanteurs se rassemblèrent dans le cratère d'un volcan éteint pour fredonner en chœur. Le géant dut les entendre, car il se calma instantanément. Mais dès que les chants cessèrent, il recommença à avoir des cauchemars.

Il aurait fallu chanter sans arrêt, vingt-quatre heures sur vingt-quatre ! C'était impossible. Et la terre se remit à trembler.

Les ministres baissaient la tête, ils n'avaient plus d'idées. Le roi, alors, promit la main de sa fille, la princesse Maria-Blanca, à celui qui mettrait fin aux cauchemars du géant.

L'idée de Sébastian

Des jeunes gens se présentèrent au palais, mais aucun ne proposa de solution intelligente. L'un dit :
– C'est le bruit qui dérange notre géant ! Il faut que tout le monde parle à voix basse et

marche sur la pointe des pieds.

C'était ridicule. Bien sûr, on pouvait supprimer certains bruits, mais comment empêcher les animaux de crier ou le tonnerre de gronder ?

Un autre jeune homme déclara :

– C'est parce qu'il a froid que notre géant tremble ! Il faut allumer de grands feux partout afin de réchauffer la terre.

Mais il aurait fallu couper tous les arbres, jusqu'au dernier, et le pays serait vite devenu un désert de cendres !

Le roi était désespéré, il baissait la tête à son tour. C'est alors qu'un dernier jeune homme arriva, tout essoufflé d'avoir couru. Il venait à pied de l'autre bout du royaume et s'appelait Sébastian. Il dit au roi :
– Sire ! Il faut d'abord découvrir pourquoi le géant dort si mal... Et il n'y a qu'une façon de le savoir : aller sous terre ! Avec votre permission, je descendrai dans la grande caverne où dort le géant et je rapporterai la solution.

Le roi accepta avec joie la proposition de Sébastian. Maria-Blanca, la princesse, se tenait cachée derrière un rideau. Dès qu'elle vit Sébastian, elle le trouva si beau qu'elle tomba amoureuse de lui. Elle s'arrangea pour le voir juste avant son départ, et, comme elle était toujours très franche, elle lui dit :

– Sois prudent. Je voudrais tellement t'épouser !

Sébastian, ébloui par sa beauté, lui répondit :

– Princesse, pour toi je suis prêt à affronter dix géants et à leur grimper sur le nez s'il le faut ! Je t'aime de tout mon cœur !

Il serra Maria-Blanca dans ses bras et lui donna un long baiser d'amour. La princesse en fut toute retournée.

– Sans toi, la vie ne m'intéresse plus ! décida-t-elle aussitôt. Je t'accompagne sous terre.

– Impossible ! dit Sébastian. Si tu venais, j'aurais toujours peur qu'il t'arrive malheur.

Mais Maria-Blanca avait du caractère :

– Nous ne sommes pas encore mariés ! Je suis la princesse de ce royaume et tu es mon sujet, alors emmène-moi, je te l'ordonne.

Et voilà comment ils partirent tous deux, main dans la main, en direction du volcan éteint. C'était le seul chemin pour atteindre les profondeurs de la terre où dormait le géant enseveli.

Vers le centre de la terre

Dans son sac à dos, Sébastian emportait des piles pour sa lampe, des vivres* et de l'eau. Il avait aussi une longue corde nouée à sa ceinture.

Au bout de quelques heures, ils arrivèrent

*C'est la nourriture pour le voyage.

au sommet du volcan éteint. Là, Sébastian dit à la princesse :
– On entend tinter tes colliers et tes bracelets quand tu marches. Il va falloir les laisser ici. On ne peut pas risquer de réveiller le géant.

La princesse enleva un à un ses bijoux et les cacha sous une pierre. Elle ne garda au cou qu'une chaîne d'or où pendait un coquillage blanc et nacré.
– C'est un cadeau de ma mère, dit-elle, je ne peux pas m'en séparer.

Sébastian
ne voulut pas
la contrarier.
Ils ôtèrent
leurs chaussures
et commencèrent
à descendre dans
le volcan éteint,
en faisant très attention
à ne pas faire rouler
de pierres sous leurs pieds.

Le cratère était comme
un immense entonnoir :
il se rétrécissait jusqu'à devenir
un tunnel étroit, noir et glacé.
La lampe n'éclairait qu'à quelques mètres.
Soudain, la princesse Maria-Blanca poussa
un cri d'horreur :

– Aaaagh ! Une chauve-souris !

– Chhhuut ! fit Sébastian en lui mettant la
main sur la bouche.

La princesse respira à fond et serra les dents.
– Allons, courage ! se dit-elle.

Et elle se remit en marche.

Ils avancèrent dans le tunnel pendant des heures et des heures. Quand ils étaient trop fatigués, ils s'arrêtaient et mangeaient. Leurs pieds nus étaient tout meurtris. A force de marcher dans le noir, ils ne savaient même plus si c'était la nuit ou le jour, ni depuis combien de temps ils étaient descendus. Et plus ils s'enfonçaient, plus le sol tremblait. C'étaient des secousses brèves, mais violentes, qui faisaient dégringoler des blocs de pierre. A un moment, Maria-Blanca faillit être écrasée par un énorme rocher. Elle eut si peur qu'elle éclata en sanglots.

– Pardonne-moi, Sébastian, je suis épuisée. Continue tout seul, je t'attendrai ici.

– Quoi ? Mais c'est de la folie ! Jamais je ne pourrai te retrouver dans ce labyrinthe de tunnels. Il faut me suivre, allons, debout ! Nous approchons du géant.

La princesse se releva. Sébastian lui fit boire un peu d'eau. Et ils repartirent.

A petits pas sur le géant

Le tunnel déboucha enfin sur un grand terrain plat. Sébastian et Maria-Blanca firent quelques pas. Le sol était lisse. A la lueur de la lampe, il brillait comme de la nacre !

En s'agrippant l'un à l'autre, ils réussirent à traverser cette étendue glissante. Puis, soudain, le paysage changea : le sol devint râpeux et couvert de drôles d'arbres sans branches, pareils à d'immenses cannes à pêche.

– Sébastian ! appela doucement Maria-Blanca. Tu veux que je te dise... J'ai comme l'impression que nous marchons... sur le géant lui-même !

– Quoi ?

– Mais oui ! L'étendue de nacre que nous venons de traverser, c'était un des ongles du géant, et maintenant c'est sur son doigt que nous nous trouvons. Tiens, pose ta main : tu ne sens pas la chaleur du sol ? C'est de la peau ! Elle est plus épaisse que celle d'un éléphant !

– Mais alors, ces cannes immenses, ce sont ses poils ! s'exclama Sébastian. Misère ! Pourvu que nous soyons sur un doigt de la main, et pas sur un orteil, parce que alors il nous faudra des mois pour atteindre la tête !

C'était effrayant de se savoir sur le corps du géant, mais ils se rassurèrent : après tout, ils n'étaient pas plus gros que deux puces, et comme le géant était endormi, il ne pouvait rien sentir.

Ils continuèrent leur chemin. Parfois la peau du géant tremblait, et cela suffisait à les envoyer rouler. Heureusement, les poils étaient souples, Sébastian et Maria-Blanca ne se firent pas mal.

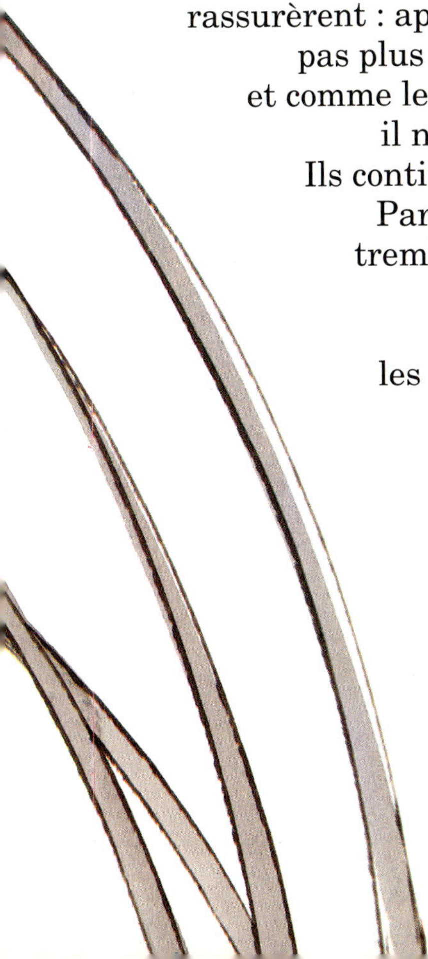

– Regarde ! murmura soudain la princesse. Tu vois cette colline bleue qui se remplit et qui se vide...
– Ne crains rien, c'est une veine, répondit Sébastian en entraînant la princesse. Nous allons la contourner. Par ici ! Je crois que

nous sommes arrivés sur le bras ou sur la jambe.

Ils avançaient toujours. Les piles de la lampe faiblissaient. Il n'y avait plus d'eau dans la gourde, cela faisait longtemps que les provisions étaient finies, et Sébastian se demandait comment il allait pouvoir mettre fin aux cauchemars du géant : il n'en avait aucune idée.

Un étrange dessin bleu

Les deux jeunes gens se trouvaient maintenant au bas d'un gros muscle. Ils le gravirent en attachant la corde aux poils et en se hissant à la force des bras. Après s'être reposés un moment, ils s'aperçurent que la peau du géant, à cet endroit, était toute bleue, d'un bleu bien plus foncé que le bleu d'une veine. Sébastian abaissa la lampe pour examiner de plus près cette tache étrange.

– Maria-Blanca ! Viens voir.

Il lui montrait des marques sombres dans la peau bleue.

– Sauvés ! dit-il. Nous sommes bien sur un bras du géant, et pas sur une jambe. Regarde, ce sont des traces laissées par des aiguilles...

Maria-Blanca crut que Sébastian était devenu fou. Mais il l'embrassait, tout joyeux.

– Tu ne devines pas ? Nous marchons sur un tatouage* ! Le géant s'est fait tatouer le bras !

– Un tatouage ? Mais qu'est-ce qu'il représente ?

– C'est ce que nous devons découvrir.

Ils se mirent à longer le dessin bleu. Ils durent tourner plusieurs fois autour. Sébastian essayait de comprendre.

– J'ai trouvé ! fit-il tout à coup. C'est une ancre ! Une ancre marine !

*C'est un dessin qu'on imprime sur la peau avec de l'encre et des aiguilles.

En effet, c'était bien ça : avant de s'endormir pour un million d'années, le géant s'était fait tatouer une ancre marine sur le bras.

– Je comprends tout ! s'écria Sébastian. Ce géant est un marin, et, comme tous les marins à terre, il rêve de la mer, il en a la nostalgie : c'est ça qui lui donne des cauchemars !

La princesse se jeta à son cou.

– Sébastian, tu es formidable !

Mais ils avaient parlé trop fort. Le géant bougea brusquement le bras et ronfla si fort que la caverne résonna comme si le monde entier explosait !

Sébastian et Maria-Blanca furent violemment soulevés en l'air. Ils retombèrent à des milliers de mètres, comme deux pantins, au milieu d'une immense forêt de grands arbres touffus. Ils avaient atterri dans la moustache du géant.

Deux énormes cavernes noires s'ouvraient devant eux : c'étaient les narines du géant.

Un vent très violent menaçait tantôt de les aspirer, tantôt de les repousser. Sébastian et Maria-Blanca se serraient l'un contre l'autre.
« Si jamais il recommence à ronfler ou s'il éternue, pensaient-ils, il va nous réduire en miettes ! »
 Par chance, la respiration du géant s'apaisa.

Que faire, à présent ? Ils étaient enfin parvenus à la tête et c'était le moment ou jamais de tenter quelque chose. Sébastian tâcha de réfléchir.

– Ce géant est un marin, et sa nostalgie de la mer l'empêche de bien dormir...

– Oui, mais comment le consoler ? demanda la princesse.

Et machinalement elle porta la main à son cou. Ses doigts effleurèrent le coquillage nacré, au bout de la chaîne d'or. Une lueur de joie brilla dans ses yeux :

– Comme j'ai eu raison de le garder !

Sébastian ne comprenait pas.

– Tu sais bien, dit la princesse, dans les coquillages, on entend le bruit de la mer !

– Maria-Blanca, ma princesse ! Qu'est-ce que je deviendrais sans toi ? Et dire que j'ai regretté plus d'une fois de t'avoir emmenée... Tu as raison ! Il faut vite aller à l'oreille du géant.

Un miracle !

Pleins d'espoir, Sébastian et Maria-Blanca se frayèrent un chemin dans les poils de la moustache. Des heures plus tard, ils arrivèrent au lobe de l'oreille et, lentement, ils descendirent dans le trou.

Il fallait prendre de grandes précautions : chacun de leurs pas chatouillait le géant, il bougeait de plus en plus. Sébastian et Maria-Blanca en étaient malades. Au même moment, dans le royaume, combien de maisons s'écroulaient, combien d'habitants mouraient à cause des secousses qu'ils provoquaient tous les deux ? Mais ils ne pouvaient plus renoncer.

Au fond de l'oreille se dressait une paroi, fine et transparente. Maria-Blanca ouvrit son collier, prit le coquillage blanc et, juste au moment où le géant allait se réveiller, elle le plaça contre le tympan.

Ce fut un véritable miracle ! En un clin d'œil, le géant cessa de bouger. Son corps se détendit, et il se mit à respirer lentement, en petites bouffées légères, comme des vaguelettes sur une mer d'huile.

– Ça y est, il entend la mer ! dit doucement la princesse.

Elle pleurait d'émotion dans les bras de Sébastian. Il était ému, lui aussi :

– Le voilà guéri de sa mélancolie. Il va pouvoir continuer à dormir paisiblement pendant quelques milliers d'années !

C'est ainsi que le royaume retrouva la paix. Sébastian et Maria-Blanca revinrent des profondeurs de la terre. Ils étaient fourbus, amaigris, mais heureux.

Ils se marièrent et on organisa une fête

qui dura des jours et des jours. Tous les habitants du royaume y participèrent.

On n'entendit plus jamais parler de tremblements de terre, sauf quand les enfants n'étaient pas sages. Alors, les grands-mères leur disaient :

– Si vous continuez à vous disputer, vous allez réveiller le géant endormi !

Mais cela n'arriva jamais.

Dans la même collection
J'aime lire

L'HOMME AUX SEPT LOUPS

Un pouvoir qui dérange

Un soir, dans la neige et le vent, un inquiétant personnage pousse la porte de la ferme où Marie, huit ans, vit avec sa famille. C'est le meneur de loups. Six bêtes affamées le suivent. Les fermiers, terrorisés, sont obligés de lui donner à manger... En guise de remerciements, l'homme transmet à Marie son pouvoir de comprendre les loups et de guérir leurs morsures. Que va devenir la fillette, dotée de cet étonnant pouvoir ?

Une histoire écrite par Jacqueline Kerguéno et Claude Seignolle, et illustrée par Philippe Fix.

LES JUMEAUX DU ROI

Fille ou garçon ?

Le roi Mégalias se marie. Dans le royaume, chacun espère que cela calmera son effroyable caractère... A peine marié, il exige un fils. La reine met au monde des jumeaux : Alias, un garçon, mais aussi Alice, une fille, qu'elle cache pour ne pas fâcher son mari. Ces jumeaux, en grandissant, réservent bien des surprises, surtout à leurs parents !

Une histoire écrite par Nicole Schneegans et illustrée par Jean-Louis Besson.

PAUL ET LE ROBOT

Un robot surdoué

Il n'est pas drôle le monde où vit Paul ! Son pays est dirigé par Atomax, qui possède tout, régit tout, et ne cesse d'abrutir les habitants à coups de publicités envahissantes et de devinettes impossibles… Mais un jour, Paul se fait offrir un jouet étonnant. C'est Nick Déclic, le robot surdoué. Ensemble, Nick et Paul pourront-ils libérer le pays de l'emprise d'Atomax ?

Une histoire écrite et illustrée par Jean Alessandrini.

LA VIEILLE DAME ET LE FANTÔME

Une histoire à claquer des dents

Madame Bloyer est une vieille dame bien proprette, qui adore les films d'épouvante. Elle est loin de se douter qu'un fantôme vit sous ses pieds, dans la cave de son immeuble, et qu'il fréquente le même cinéma qu'elle, tous les lundis… La vieille dame et le fantôme vont-ils se rencontrer ? Bien sûr ! Et ils vont vivre des aventures dignes des films les plus terrifiants !

Une histoire écrite par Evelyne Reberg
et illustrée par Maurice Rosy.

Achevé d'imprimer en septembre par Ouest Impressions Oberthur - 35000 Rennes
Dépôt légal n° 10451 - Septembre 1990
Imprimé en France